Vente du Samedi 3o Novembre 1872

HOTEL DROUOT, SALLE Nᵒ 2

COLLECTION

DE M. LE DOCTEUR T.....

D'AUXERRE

FAÏENCES

ANCIENNES

FRANÇAISES, HOLLANDAISES ET ITALIENNES

EXPOSITION PUBLIQUE

LE VENDREDI 29 NOVEMBRE 1872

Mᵉ CHARLES OUDART, COMMISSAIRE-PRISEUR

M. ÉMILE BARRE, EXPERT

J.-Clave, imprimeur.
r. Benoit, 7, à Paris.

CONDITIONS DE LA VENTE

Elle sera faite au comptant.

Les acquéreurs payeront, en sus de leur prix d'adjudication, *cinq centimes par franc*, applicables aux frais.

Ce Catalogue est fait à titre de renseignement; les énonciations qu'il renferme ne peuvent jamais être considérées comme des garanties.

L'Exposition mettant les adjudicataires à même de se rendre compte de la nature et de l'état des objets, il ne sera admis aucune réclamation une fois l'adjudication prononcée.

CATALOGUE

DE

FAÏENCES

ANCIENNES

DE ROUEN, NEVERS, MOUSTIERS

MARSEILLE, STRASBOURG

SCEAUX, NIDERVILLER, APREY, SAINT-AMAND, ETC., ETC.

FAÏENCES DE DELFT

PLATS DE BERNARD DE PALISSY

MAJOLIQUES ITALIENNES

COMPOSANT

la Collection de M. le Docteur T....., d'Auxerre

DONT LA VENTE AURA LIEU

HOTEL DROUOT, SALLE N° 2

Le Samedi 30 Novembre 1872

PAR LE MINISTÈRE DE M⁰ CHARLES OUDART, COMMISSAIRE-PRISEUR

31, rue Le Peletier

ASSISTÉ DE M. ÉMILE BARRE, EXPERT

20, Chaussée-d'Antin

EXPOSITION PUBLIQUE

LE VENDREDI 29 NOVEMBRE, DE 1 HEURE 1 2 A 5 HEURES 1 2

DÉSIGNATION

FAÏENCES

ROUEN

1. — Très-curieuse assiette à festons avec médaillon
   au centre, représentant Vénus au bain, d'après
   Raoux; un écusson dans le marly.

2. — Très-belle fontaine et son bassin, décor polychrome, avec couvercle formé par des dau-
   phins.

3. — Aiguière, forme casque, décor bleu à fleurs.

4. — Très-beau et grand vase, décor bleu d'arabes-
   ques et de guirlandes.

5. — Grande et belle bannette à anses, décor à la
   corne.

6. — Deux très-belles buires à anses torses, décor
   bleu.

7. — Soupière et son plateau, décor polychrome.

8. — Très-belle soupière, décor polychrome, marqué M à l'intérieur; le couvercle est surmonté d'un serpent.

9. — Petit moutardier, même décor et même marque.

10. — Petite salière à trois compartiments, décor de vases de fleurs polychromes.

11. — Plateau contourné, richement décoré en bleu.

12. — Grand plat à lambrequins avec cul-de-lampe au centre; décor rouge et bleu.

13. — Grand plateau avec riche décor bleu à deux tons; blason au centre.

14. — Plat avec médaillon de figures et inscriptions.

15. — Deux assiettes, décor bleu et rouge à lambrequins avec fleurs au centre.

16. — Deux assiettes dites aux cinq couleurs, avec lambrequins et corbeilles de fleurs au centre.

17. — Plateau sur piédouche, décor bleu.

18. — Petite assiette quadrillée, décor bleu et rouge.

19. — Deux petits compotiers, décor polychrome à la coquille avec vases de fleurs.

20. — Petit compotier, décor chinois polychrome.

21. — Deux assiettes, décor bleu: au centre, les initiales de Germain Soufflot et de Cathos Milon, ancêtres de l'architecte du Panthéon

22. — Deux assiettes avec lambrequins et quadrillés, décor polychrome.

23. — Assiette, décor de lambrequin et coquilles.

24. — Deux assiettes à la corne tronquée.

25. — Deux assiettes décor bleu, à guirlandes de fleurs et quadrillées.

26. — Petite bouteille, décor chinois à figures.

27. — Assiette, décor de lambrequins rouge et bleu.

28. — Assiette, décor rayonnant rouge et bleu.

29. — Assiette, décor de lambrequins bleu.

30. — Deux assiettes à la corne.

31. — Compotier à fond bleu, décor de fleurs et niellé, polychrome.

32. — Pot à eau, décor polychrome.

33. — Plateau à trépied, décor bleu.

34. — Petit pot à eau, décor bleu à lambrequins.

35. — Assiette, décor gros bleu à lambrequins.

36. — Assiette polychrome, à personnages.

37. — Assiette au carquois.

38. — Plat, décor polychrome chinois, avec une crevette dans le marly.

39. — Assiette, décor polychrome avec armoiries.

40. — Assiette, décor polychrome quadrillé.

NEVERS

41. — Plat ovale, décor bleu à figures.

42. — Joli petit panier à anses et à jour.

43. — Plat rond, décor chinois en bleu.

44. — Bouteille, décor chinois à deux tons.

45. — Vierge et enfant Jésus. Groupe signé Pillot.

46. — Un sucrier à armoiries.

47. — Buire, décor bleu.

48. — Bouteille, décor bleu.

49. — Assiette, décor bleu à figures chinoises.

50. — Jardinière à anses, avec décor de paysage.

51. — Vase brûle-parfum à anses torses, décor chinois.

52. — Deux vases, décor chinois.

MOUSTIER

53. — Plat dit de Tempesta, représentant une Chasse, décor bleu à deux tons.

54. — Plat festonné, décor chinois polychrome.

55. — Deux petits plats hexagones, décor d'après Bérain.

56. — Deux plats festonnés. décor bleu à personnages.

57. — Deux assiettes, décor polychrome avec blasons aux armes de Savoie.

58. — Assiette, décor polychrome ; sujet mythologique.

59. — Deux assiettes, décor polychrome chinois.

60. — Plat ovale, aux armes de Mme de Pompadour.

61. — Plat, décor d'après Bérain.

62. — Deux assiettes, décor de grotesques.

63. — Deux assiettes, décor jaune de grotesques.

MARSEILLE

64. — Plat ovale en camaïeu vert, marine d'après J. Vernet.

65. — Deux jardinières décorées de fleurs et sur la panse, d'un médaillon en relief représentant des enfants.

66. — Très-beau plateau représentant le Jugement de Pàris.

67. — Deux assiettes à paysages et figures, bords
     dorés.

68. — Sucrier, décor à bouquets de fleurs en relief.

69. — Deux assiettes, décor d'oiseaux.

70. — Statuette.

STRASBOURG

71. — Corbeille en faïence de Strasbourg.

72. — Sucrier en faïence de Strasbourg avec la
     marque Hanongue, avec décor de fleurs et
     fruits.

73. — Plat à barbe.

AVIGNON

74. — Statuette représentant Orphée.

ARBOIS

75. — Assiette, décor de paysage polychrome.

SAINT-AMAND

76. — Assiette, décor de fleurs et paysage au centre.

NIDERVILLER

77. — Deux statuettes.

LUNÉVILLE

78. — Groupe. Cheval et Cavalier.

79. — Compotier, avec décor d'oiseaux.

80. — Assiette, décor en camaïeu, d'après Boucher.

SCEAUX

81. — Deux assiettes, décor de paysages et figures
par Bouillat.

82. — Trois jardinières, dont une longue et deux car-
rées, en faïence de Sceaux, décor polychrome d'oiseaux et de branchages.

SAINT-OMER

83. — Deux assiettes à fond bleu rehaussé de blanc.

APREY

84. — Plateau carré, décor d'oiseaux.

SÈVRES

85. — Assiette de l'époque républicaine.

PARIS

86. — Assiette, décor en couleur, dorée.

LORRAINE

87. — Écuelle faïence de Lorraine.

BERNARD DE PALISSY

88. — Très-beau plat représentant le Jugement de Salomon.

89. — Plat à salières, avec bord à jour.

90. — Plat représentant le Baptême dans le Jourdain.

91. — Plat représentant un sujet mythologique.

ITALIENNES

92. — Plat de Savone, représentant le Paradis terrestre : décor bleu.

93. — Deux Cariatides de Luca della Robbia, formées par des figures et des fruits avec mascarons.

94. — Petit plat d'*Urbino,* avec portrait du XVIᵉ siècle.

95. — Groupe en faïence de *Luca della Robbia,* représentant saint Jean en prière.

96. — Plat de *Turin,* festonné. Décor polychrome rocaille.

97. — Deux assiettes de *Gênes,* décor polychrome. Sujet mythologique.

98. — Plaque, décor en relief avec blason.

99. — Assiette de *Savone,* avec décor de personnages.

100. — Deux vases de *Savone,* à couvercles, avec médaillons de figures.

101. — Plat de *Castelli.* Sujet mythologique.

102. — Plat d'Urbino, à gaudrons, avec décor de figures.

103. — Un autre, même décor.

104. — Deux plats, décor bleu, avec rehauts d'or : au centre, un écusson aux armes des Farnèse.

105. — Plat à gaudrons, ancienne faïence d'Urbino. Sujet allégorique.

106. — Plaque de Castelli, représentant la Vierge et
l'enfant Jésus.

107. — Plats très-curieux en faïence de Gubbio, à
reflets métalliques. Décor en relief, d'ara-
besques et de figures.

108. — Très-joli petit plat en ancienne faïence de
Pesaro, avec médaillon représentant un
personnage en buste.

HISPANO-ARABES

109. — Plat hispano-arabe, à reflets métalliques.

110. — Plat hispano-arabe, avec chiffre gothique.

ÉTRUSQUE

111. — Coupe étrusque, à anses et à médaillon de
figures.

ALLEMANDE

112. — Vase en ancienne faïence allemande, avec
ornements à jour et inscription.

GRÉSÉMAILLÉ

113. — Charmant petit vase en grès émaillé, représentant une Chasse à l'ours, avec inscription.

DE DELFT

114. — Deux grandes et belles bouteilles, décor bleu chinois, avec têtes de lions en relief.

115. — Bouteille, décor rouge, bleu et or.

116. — Autre semblable à la précédente.

117. — Deux jolis petits beurriers, décor rouge et or.

118. — Grand plat, décor bleu; sujet mythologique.

119. — Autre grand plat semblable.

120. — Deux grands cornets à côtes, décor bleu.

121. — Deux beurriers avec plateaux et couvercles, décor bleu de personnages, genre Watteau.

122. — Deux salières polychromes.

123. — Petite statuette, le Joueur de flûte.

124. — Deux beaux plats, décor bleu très-riche, fleurs dans des rosaces.

125. — Perroquet dans un cerceau.

126. — Oiseau polychrome.

127. — Petit pot formé par un singe accroupi, décor polychrome.

128. — Deux charmants beurriers, décor rouge et or.

129 — Plat représentant l'Enlèvement d'Europe.

130. — Deux assiettes dorées polychromes, au dragon.

131. — Porte-bouquet composé d'une coupe à pié-douche surmontée de six vases dont les anses sont enchevêtrées ; décor bleu semis de fleurs.

132. — Deux potiches avec leurs couvercles, décor de fleurs, polychrome.

133. — Aiguière forme casque, décor bleu.

134. — Deux assiettes dorées avec vases de fleurs au centre.

135. — Deux assiettes dorées, à médaillons, représentant Moïse sauvé des eaux.

136. — Deux assiettes, décor chinois.

137. — Deux assiettes bleues à figures.

138. — Deux assiettes bleues à animaux.

139. — Service doré.

140. – Bouteille bleue.

141. — Deux assiettes bleues, décor chinois.

142. — Deux assiettes, décor cachemire.

143. — Potiche, décor chinois.

144. — Brosse, décor polychrome.

145. — Deux vases carrés, forme bouteille, décor
bleu d'oiseaux et de branchages.

PARIS. — J. CLAYE, IMPRIMEUR, 7, RUE SAINT-BENOIT. — [222]

www.ingramcontent.com/pod-product-compliance
Lightning Source LLC
LaVergne TN
LVHW012157170726
843503LV00009B/4228